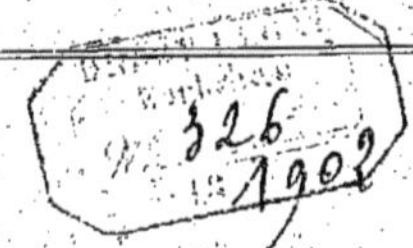

ÉMILE BESSIÈRE

Monsieur l'Inspecteur

Comédie en Un Acte

2 H. 4 F.

Visa du 12 Février 1902.

PARIS

C. JOUBERT, Éditeur 25, rue d'Hauteville.

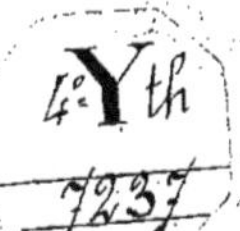

C. JOUBERT, Successeur

ÉDITEUR DE MUSIQUE

PARIS. — 25, Rue d'Hauteville, 25. — PARIS

RÉPERTOIRE
DES OUVRAGES DE CONCERT EN UN ACTE

ABRÉVIATIONS : D. Veut dire du répertoire de la Société Dramatique, 8, rue Hippolyte Lebas. — Le surplus appartient au répertoire de la Société Lyrique, 10, rue Chaptal.

LOC. Veut dire : La musique n'est qu'en location et ne se vend pas.

Opérettes et Vaudevilles

AUTEURS	TITRES DES ŒUVRES	Hommes	Femm	Prix nets
Saint-Maurice.	Abricot (L') d	troupe	»	loc.
D. Campisiano.	Absalon	2	4	6 »
Guillemaud.	Adrien n'aime pas le Piano	3	1	loc.
Vallès-Garnier.	Affaire Cœurdeveau (L')	5	1	loc.
St-Paul-G. Rose fils.	Agence est au-dessus (L')	3	3	
F. Bernicat.	Agence Rabourdin (L')	1	1	5 »
Moreau.	Ah! c'te Veine. d	7	7	loc.
Japy.	A huitaine.	troupe	»	5 »
C. Roland.	Aiguilleur (L') d	1	1	loc.
Bessière.	A la Caserne	6	2	loc.
Lebreton-Bouvet.	A la légion étrangère d	troupe	»	loc.
Ch. Esquier.	Allumeur (L') d	2	1	loc.
L. Bouvet.	Ami Chambardel (L')	3	1	loc.
Bessière-Ruffier.	Ami Vandière (L) d	7	6	loc.
Lebreton.	Amour à coups de poings (L')	2	2	loc.
Lebreton-St-Paul.	Amour en dentelles (L')	2	2	loc.
G. Street.	Amour en livrée (L')	5	1	L »
Desormes.	Amour et l'appétit (L')	1	1	4 »
Vallès-Garnier.	Amour et sauvetage	3	2	loc.
A. Petit.	Amoureux d'Yvonne (Les) d	5	3	5 »
V. Roger.	Amour Quinze-Vingt (L')	3	1	4 »
Bottin, Boulay-Layrice.	Amours d'un piston (Les)	3	2	1 »
M. Gribinski.	Annonce (L')	3	3	loc.
Desormes.	Antoine et Cléopâtre d	2	1	4 »
Bessier-Moreau.	Aphrodites (Les) d	4	3	loc.
Dorfeuil-Moreau	Après la vie de Bohème d	troupe	»	loc.
L. Bouvet.	A propos de bottes	2	»	loc.
J. Emmecé.	A qui le gosse?	troupe	»	loc.
Monnery-Marien.	Argot tel qu'on le parle (L)	5	3	loc.
M. Chautagne.	Arracheuse de dents (L')	2	1	4 »
Marc Sonal.	Arrêts de rigueur	1	1	loc.
Dourel, Roydel, Monjardin	Artistes pour rire d	6	4	loc.
Géraldy.	Ascension du Mont-Blanc (L')	1	1	4 »
L. Martin-Dühem	Auberge du Tambour battant (L')	2	2	loc.
Oudot-de Gorsse	Au Chat qui pelote d	troupe	»	loc.
Banès.	Au Coq huppé	3	2	5 »
Uzès	Au soleil d'or d	3	2	6 »
Lebreton-Moreau	Au temps des cerises d	5	3	loc.
Guérineau.	Auteur par amour	1	2	5 »
Lebreton-Moreau	Autour d'une guérite d	3	2	loc.
Henry Moreau.	Avant le bal	1	1	3 »
L. Rivaux et G. Dubreuil.	Avarié du Mardi-Gras (L')	3	2	loc.
Colange, Garofalo, Combret	Baba Bouzouck d	5	6	loc.
Antigeon, Dourel-Roydel.	Baigneuses de Cocotteville (Les)	5	9	loc.
Moreau	Balayeur de chez Maxim's (Le) d	7	8	loc.
Rose fils et Ryvez	Banquier malgré lui	3	3	loc.
Leserre.	Barbe-Bleue	1	»	2 »
L. Moche.	Baronne.	2	1	loc.
Ratcée-Tranchant.	Bataillon Desroches (Le) d	10	10	loc.
Antigeon-Desplau.	Battage (Le) d	2	1	loc.
A. Moyne.	Béguin d	2	1	loc.
Mestre-Aubry.	Belle Dinde (La) d	9	11	loc.
De Marsan.	Belle-mère apprivoisée (La)	4	3	loc.
Lebreton-St-Paul.	Belle-mère est sans pitié (La)	2	2	loc.
Wacha.	Bibi ou l'Enfant de l'Amour	1	1	4 »
L. Lebreton, L. Mars.	Bon billet de logement (Le)	7	6	loc.
F. Bouvet-F. Muffat.	Bonne nuit Tardiveau!	3 ou 2	1	loc.
E. Bessière.	Bonsoir!!!	1	1	loc.
Cellier-Joullot	Boudoir discret	2	1	loc.
Moreau-Gramet.	Bougnol et Bougnol	4	2	loc.
Villebichot.	Boum! Servez chaud	3	2	4 »
Hubans.	Brelan de bègues	2	1	5 »
F. Bernicat.	Cadets de Gascogne (Les)	troupe	»	7 »
Banès.	Cadiguette (La)	1	1	5 »
Saint-Paul.	Cage de l'Oncle Tom (La)	3	2	loc.
Lebreton	Caïn	3	2	loc.
Javelot.	Calino amoureux	2	1	3 »
Lebreton et Soudant.	Camelots (Les)	6	5	loc.
Chevalet-Audray	Canne d'un grand homme (La) d	2	2	loc.
Lebreton-Moreau	Ça porte bonheur	5	3	loc.
V. Herpin	Capricorne (Le)	troupe	»	loc.
F. Barbier	Carmagnole (La)	3	3	5 »
Lebreton-Moreau	Carnaval conjugal (Le) d	9	9	loc.
A. Berthon	Carnaval des 4 z'arts	6	2	loc.
Levavasseur.	Carte de visite (La)	3	3	loc.
Antigeon-Desplau.	Cascadin et Cie	6	5	loc.
Chaband, Colange, Tranchant	Ce pauvre Bobinet	2	1	loc.
De Marsan	Ce Sacré Narcisse	4	4	loc.
E. Soudant.	Ces canailles de conturières! d	6	6	loc.
Chélu.	Chambre à louer	1	1	2 »
Cuvillier	Chambre à part d	1	2	loc.
Henry Moreau.	Chambre de bonne d	3	2	loc.
L. Bouvet.	Chanson de Florentin (La)	3	2	4 »
V. Roger	Chanson des Écus (La)	3	1	4 »
P. Henrion	Chanteuse par amour (La) d	»	1	4 »
E. André	Chaos (Le)	1	1	4 »
Moreau-Boucherat.	Chasse royale d	troupe	»	loc.
Lebreton-Moreau	Chasseurs Alpins (Les) d	6	6	loc.
Cieutat.	Chaste Suzanne (La) d	troupe	»	loc.
H. Gilbert.	Chaste Suzanne			
Yvel.	Chéri des Dames	4	2	loc.
Dourel, Roydel, E. René	Chevalier Tric-Trac (Le)	2	8	loc.
Dourel-Roydel	Chez la Costumière d	troupe	»	loc.
Meynard	Chez le dentiste	3	1	5 »
Lhuillier	Chez les Corniquet	1	»	4 »
C. Rosenquest.	Chicard et Bébé	1	1	5 »
Bomier.	Chien et Chat d	4	2	loc.
Boulay-Layrice.	Choc en retour d	2	2	loc.
L. Bouvet.	Cinq à sept de chez Pétrone (Les)	6	4	loc.
Moreau-Gramet.	Cinq contre un	3	3	loc.
L. Bouvet-F. Muffat.	Cinq sous de Lavarenne (Les) d	4	3	loc.
E. Brasseur-L.T.	Circulaire du Préfet (La)	6	2	loc.
Villebichot.	Cirque Ponger's (Le)	troupe	»	6 »
L. Bouvet.	Clémence d'Auguste (La)	2	1	loc.
Bessière.	Clou (Le)	3	1	2 »
L. Collin.	Coco-Bel-Œil	3	1	6 »
A. Petit.	Cocotte et chiffonnier	1	1	loc.
L. Bouvet.	Codicille (Le)	4	1	loc.
Villemer, Delormel, Péricaud	Colosse de Rhodes (Le)	3	»	4 »
A. Petit.	Confections pour dames	2	1	loc.
L. Bouvet-Schmoll.	Congrès des Cocottes (Le)	5	7	loc.
G. Touze H. Barbé	Conquêtes difficiles	3	1	loc.
Lebreton-Moreau.	Conscrits bretons (Les) d	7	5	loc.
L. Collin.	Conscrit tyrolien (Le)	3	1	3 »
E. Brasseur.	Constat d'adultère d	6	3	3 »
Habrekorn et P. Marc	Contes de Piron (Les)	2	10	loc.
Lebreton-Moreau	Contrôleur des Wagons-Bars (Le)	5	3	loc.
R. Maigrier F. Lemeuland	Coquins de Souliers	4	2	loc.
Ryvez	Cordon s'il vous plait	3	3	loc.
Lebreton-Moreau	Côte et Cocottes	4	1	loc.
C. Roland.	Courroie (La)	2	2	loc.
J. Ilari et G. Habrekorn	Course aux pantalons (La) d	6	5	loc.
Habrekorn	Couturière est au-dessus (La)	2	5	loc.

ÉMILE BESSIÈRE

Monsieur l'Inspecteur

Comédie en Un Acte

2 H. 4 F.

Visa du 12 Février 1902.

PARIS

G. JOUBERT, Éditeur 25, rue d'Hauteville.

MONSIEUR L'INSPECTEUR

Comédie en Un Acte

De M. Émile BESSIÈRE

—•◦⊗◦•—

PERSONNAGES

L'INSPECTEUR.
LAMOUILLETTE, trompette de cavalerie amant de
    Victorine . . . .
Même rôle.
ROSA, travesti, institutrice . . . .
Mme PERDREAU, directrice de l'Institut . . .
VICTORINE, bonne. . . . .
MARGOT, 1re élève. . . . .
LOUISETTE, 2e élève . . . .
ÉLÈVES A VOLONTÉ, *selon la troupe* . . . . .

Au lever du rideau la scène représente une classe d'école. — Table d'école. Banc, tableau noir, carte de géographie. Un buste de la République... un cadran marquant huit heures moins cinq.

SCÈNE I

Victorine, *seule en scène regardant le cadran.*

Victorine

Encore cinq minutes et nos élèves vont arriver... ce que la patronne doit ronchonner... pas d'institutrice... Le fait est qu'elles sont si bien ici, les institutrices... pas même de quoi manger à leur faim... si encore elles gagnaient de l'argent... mais trente francs par mois ! Décidément il vaut mieux être cuisinière..., au moins, on mange ! puis on n'a pas besoin de son brevet supérieur ! ce qui prouve que, dans la vie, il est préférable de savoir tenir un balai et de savoir faire un ragoût, que de dépenser l'argent de ses parents à vous farcir la tête d'un tas d'histoires qui ne sont bonnes qu'à vous faire crever de faim plus tard. (*On frappe à la porte. Allant ouvrir.*) Serait-ce la nouvelle institutrice ?...(*Elle ouvre*)

SCÈNE II

LA MÊME, Lamouillette, *en tenue de trompette de dragons.*

Victorine, *poussant un cri de surprise.*

Comment, toi ! Lamouillette, à cette heure-ci ?

Lamouillette

Est-ce que ma visite aurait le but de te déplaire, ô Victorine ?

Victorine, *tendre.*

Tu sais bien que non, Apollon de mon cœur ! et je voudrais t'avoir près moi, le jour et la nuit !..

Lamouillette, *lui prenant la taille.*

La nuit surtout... n'est-ce pas, mon idole ? (*Il l'embrasse.*)

Victorine, *regardant dehors.*

Malheureux ! Si madame venait ?

Lamouillette

Tu dirais que je suis ton cousin.

Victorine

J'en avais un... elle sait qu'il est mort... que je l'ai perdu.

Lamouillette

Oh ! elle sait que tu l'as perdu ? (*Réfléchissant* Est-ce que je ne pourrais pas le remplacer ?

Victorine, *moqueuse.*

Toi ! difficilement ! et si la patronne nous pinçait... elle me ficherait dehors sans même me donner mes huit jours.

Lamouillette.

Je t'emmènerais...

Victorine

Et tu me logerais à la caserne, n'est-ce pas ?

Lamouillette

C'est vrai et que particulièrement aujourd'hui, je suis riche !

Victorine, *vivement*.

Tu as hérité ?

Lamouillette

Non !.. mais hier j'ai touché mon prêt.

Victorine

On irait loin avec ça...

Lamouillette

Oui, mais toi ! tu as bien quelques petites économies.

Victorine

Ah ça, Lamouillette, est-ce que tu te laisserais entretenir ?

Lamouillette

Entretenir !... Non !.. mais prêter de l'argent oui ! ce n'est pas la même chose, on gagne si peu dans le métier militaire.

(On entend du bruit à gauche.)

Victorine.

Ciel ! Madame ! Nous sommes perdus.

Lamouillette.

Cache-moi, voilà tout !

Victorine

Où ?

Lamouillette

Dans la chambre parbleu !

Victorine

Tu vas t'ennuyer comme un rat mort...

Lamouillette

Je dormirai en montant la faction... tu viendras me relever le plus tôt possible...

Victorine

Oui, c'est entendu. *(Le poussant par la porte de droite)* File !.. Tu connais le chemin...

Lamouillette

C'est que je ne l'ai jamais fait que la nuit.

Victorine, *impatiente.*

Raison de plus, pour ne pas te perdre le jour.

Lamouillette, *réfléchissant.*

C'est peut-être vrai... eh bien on y va !.. *(Victorine le pousse. Il sort.)*

Victorine

Ouf !

Lamouillette, *passant la tête à la porte.*

Ne me laisse pas mourir d'amour et de soif... je crache des pièces de dix sous.... tiens... *(Victorine referme vivement la porte sur son nez. Au même moment Mme Perdreau entre par la porte de gauche.)*

Victorine

Il était temps !

SCÈNE III

Victorine, Mme Perdreau.

Mme Perdreau

A qui donc parliez-vous, Victorine ?

Victorine

Moi, madame ?.. A personne.

Mme Perdreau

Vous croyez donc que je suis folle ?..

Victorine

Oh ! madame !..

Mme Perdreau

J'ai très bien entendu...

Victorine, *à part.*

Je suis perdue...

Mme Perdreau

Je ne comprenais pas... mais j'entendais.

Victorine

J'ai peut-être chanté...

Mme Perdreau

Pourquoi ne m'avoir pas dit tout de suite : « j'ai chanté ». Tout le monde chante dans la vie... moi aussi je chante parfois... il n'y a pas de mal à ça... il y a même, dit-on, des gens qui gagnent de l'argent à chanter... à l'Académie Française de Musique par exemple, il y en a, paraît-il, qui gagnent même cent mille francs par an !

Victorine, *émerveillée.*

Ah ! à la Comédie Française ! il y en a qui gagnent cent mille francs à chanter !

Mme Perdreau, *appuyant.*

A l'Académie Nationale de Musique !

Victorine

Comédie !... Académie ! pour moi, c'est la même chose.

Mme Perdreau, *sentant.*

C'est curieux, ça sent le tabac ici ?

Victorine, *sentant à son tour.*

Vous trouvez ?

Mme Perdreau

Vous ne sentez pas, vous ?

Victorine

Je suis enrhumée du cerveau !...

Mme Perdreau

Victorine, vous mentez... je le vois à vos réponses... à votre air inquiet... vous causiez avec quelqu'un... je ne m'étais pas trompée !.. Vous allez me dire avec qui... ou bien je vous chasse.

Victorine

Eh bien ! oui, madame, c'est vrai, je causais à quelqu'un, mais que madame ne me gronde pas, je voulais lui faire une surprise...

Mme Perdreau

Une surprise !

Victorine

Oui, madame, je causais avec la nouvelle institutrice.

Mme Perdreau, *joyeuse.*

Ah ! elle est arrivée ? Que ne me le disiez-vous, où est-elle ? pourquoi ne m'a-t-elle pas attendue ?

Victorine

Le chemin de fer... la voiture... avaient froissé sa toilette... ses anglaises étaient toutes défaites... elle a voulu s'arranger.

Mme Perdreau

Ah ! elle a des anglaises... c'est une vieille fille alors ?

Victorine

Non, madame, elle est très bien.

Mme Perdreau

Grande ? petite ? grosse ? maigre ?

Victorine, *se coupant.*

Comme tous les dragons en général, bien plantés tous ! de beaux hommes quoi !

Mme Perdreau

Ah çà ! qu'est-ce que vous me chantez-là ? elle ressemble à un dragon ?

Victorine, *à part.*

Oui un peu... beaucoup même... (*Haut*) Je veux dire que c'est un beau corps de femme !

Mme Perdreau

Allez la chercher, dites-lui que je l'attends, qu'il est huit heures et que les élèves vont arriver.

Victorine

Bien, madame... J'y vais... (*Sortant*) Comment vais-je me tirer de là ? (*Elle sort.*)

SCENE IV

Mme Perdreau, *seule.*

Mme Perdreau

Je crois que cette fille a perdu la tête ! un beau corps de femme !... parce que cette institutrice ressemble à un dragon ! (*Avec dédain*) Ce que les gens sans éducation ont des drôles de goûts ! Enfin le principal, c'est d'avoir une institutrice... Monsieur l'Inspecteur qui vient justement aujourd'hui eût pu me faire un mauvais rapport si je n'en avais pas eu. Nous allons voir, si elle ne me plaît pas, aussitôt après le départ de Monsieur l'Inspecteur, je la renverrai d'où elle vient et tout sera dit. (*Deux élèves entrent par la porte du fond et vont s'asseoir à la table d'école. Une mord dans une poire, l'autre dans une grande tartine.*)

SCENE V

Les Mêmes, **Margot**, **Louisette**.

Margot *et* **Louisette**, *ensemble, allant s'asseoir.*

Bonjour, m'dame.

Mme Perdreau

Vous ne pouvez donc pas parler sans avoir la bouche pleine ? (*Silence prolongé pendant lequel elles font des efforts pour avaler*) Vous ne répondez pas.

Margot

Je vide ma bouche avant.

Louisette

Moi aussi...

Mme Perdreau

Je ne vous avais donc pas dit que Monsieur l'Inspecteur vient aujourd'hui.

Margot

Si, Madame...

Mme Perdreau

Pourquoi n'avoir pas mis vos robes de dimanche ?

Louisette

Ma sœur l'a mise pour aller au marché.

Margot

J'ai déchiré la mienne au bal dimanche dernier, elle n'est pas raccommodée.

Mme Perdreau

Au bal ! Vous allez au bal.

Louisette

Mais moi aussi, j'y suis allée, c'était la fête du pays.

Mme Perdreau

Dans quel siècle vivons-nous ! elles savent à peine lire à dix sept ans, mais elles dansent toutes comme père et mère.

Margot

Mieux que maman, elle ne sait pas.

Mme Perdreau

C'est bon ! Taisez-vous et repassez votre grammaire en attendant l'arrivée de Monsieur l'Inspecteur... Ah ! j'ai aussi à vous prévenir que vous allez avoir tout à l'heure une nouvelle institutrice, c'est une jeune fille charmante, bien élevée... tâchez de ne pas la faire endiabler comme vous avez la mauvaise habitude de le faire à toutes celles que vous avez... aucune ne veut rester ici, à cause de vous... je la préviendrai et lui recommanderai d'être sévère, vous avez compris ?

Margot, et Louisette, *ensemble.*

Oui, M'dame... (*Elles prennent leurs livres et se mettant à lire haut.*)

Margot

Il y a deux sortes de lettres, les voyelles et les consonnes.

Louisette

On forme le pluriel dans les noms en ajoutant une s au singulier...

Mme Perdreau

Etudiez tout bas ! (*Elles font silence et pendant la scène suivante, elles se remettent à manger en faisant semblant de lire.*)

SCÈNE VI

Les Mêmes, Victorine.

Victorine, *entrant par la porte de droite, à Mme Perdreau.*

Elle va être là dans un instant... elle achève sa toilette...

Mme Perdreau

Elle me fait l'effet d'être bien coquette, cette jeune fille...

Victorine, *naïvement.*

Non pas précisément, mais c'est sa culotte... ses bottes... que nous ne pouvions pas retirer.

Mme Perdreau

Il a fallu vous mettre à deux pour retirer sa culotte... et elle a des bottes?..

Victorine, *embarrassée.*

Non, madame, sa culotte, elle l'a gardée, c'étaient ses bottines qu'étaient mouillées, elle les a changées pour ne pas s'enrhumer...

Mme Perdreau

Ah ! pour ne pas s'enrhumer, elle a gardé sa culotte et elle a changé de chaussures ?

Victorine

C'est bien ça.

Mme Perdreau

Je ne comprends rien à tout ce charabia... (*La porte de droite s'ouvre et se referme aussitôt.*)

Victorine

Tenez, madame, la voilà !

Mme Perdreau, *prenant un air digne.*

C'est bon... assez, à votre cuisine... les choses de la classe ne vous regardent pas.

Victorine, *sortant.*

Je ne demande pas mieux.

SCÈNE VII

Mᵐᵉ Perdreau, Margot, Louisette, Rosa.

Rosa, Lamouillette paraissant la tête à la porte.

Peut-on entrer ?

Mᵐᵉ Perdreau, se tournant du côté de la porte.

Certainement, mademoiselle, je vous attends même !.. (*A part.*) Quelle drôle d'institutrice ! (*Rosa entre habillée en femme et marche d'un pas militaire va se placer droit devant Mᵐᵉ Perdreau et lui fait le salut militaire. — Se ravisant, elle fait des révérences. Margot et Louisette se tordent de rire. Mᵐᵉ Perdreau profite de cela pour reprendre contenance. — A Margot et à Louisette.*) Silence, mesdemoiselles ! vous êtes des petites impertinentes. (*Margot et Louisette baissent le nez sur leurs livres et rient sous cape. — Mᵐᵉ Perdreau, à Rosa.*) Je vous recommande d'être sévère ! très sévère !

Rosa, se tournant vers les élèves.

Si vous continuez à rigoler comme ça, je vous f...icherai d' dans, moi. (*A Margot qui rit plus fort.*) toi, la gosse, tu m'feras 4 jours !

Mᵐᵉ Perdreau, épouvantée.

Qu'est-ce qu'elle dit ?.. (*A part*) C'est vrai qu'elle a les allures d'un dragon !.. tant mieux... elle saura les mettre au pas, ces gamines-là !

Rosa, à Margot.

Pas de rouspétance, et si tu chiales, tu me feras 4 jours de plus !

Mᵐᵉ Perdreau, à part.

Quel langage !.. (*A Rosa*) Très bien, soyez ferme !..

Rosa

Ayez pas peur, madame, dans notre corps on est toujours ferme.

Mᵐᵉ Perdreau

De quel corps voulez-vous parler ?

Rosa, se rattrapant.

Dans celui des institutrices, parbleu !

Mᵐᵉ Perdreau

Celles qui vous ont précédée étaient toutes beaucoup trop faibles... beaucoup trop molles !..

Rosa, fièrement, se frappant sur la poitrine.

Tâtez-moi ça, vous verrez si c'est mou !

Mᵐᵉ Perdreau

Elle me plaît, moi, cette jeune fille... c'est une gaillarde ! (*Pendant ce temps les élèves lèvent le nez continuellement de leurs livres et rient à qui mieux mieux.*) (*A Rosa*) Où étiez-vous, de quelle institution sortez-vous ?

Rosa

Moi, j'ai fait mes classes chez les frères.

Mᵐᵉ Perdreau

Vous dites ?

Rosa

Je veux dire que j'allais à l'école en même temps que mes frères.

Mᵐᵉ Perdreau, à part.

C'est là qu'elle aura pris de si drôles de manières. (*Haut.*) Dans quelle institution étiez-vous avant de venir ici ?

Rosa

Ah ! Dans quelle institution j'étais ?

Mᵐᵉ Perdreau.

Oui ! Eh bien ?

Rosa

C'est la première fois que je suis institutrice.

Mᵐᵉ Perdreau

Tant mieux, vous n'aurez donc pas de mauvais principes et je vous dresserai à ma manière.

Rosa

Ah ! Vous voulez me dresser d'une façon spéciale ?

Mᵐᵉ Perdreau

Dites aux petites qu'elles aillent en récréation, pendant ce temps, et en attendant monsieur l'Inspecteur, je vous ferai mes recommandations.

Rosa, se tournant du côté des élèves.

Allez, les mômes ! Rompez les rangs, vous rentrerez quand on sonnera le ralliement. (*Les élèves sortent en riant et en courant.*)

Mᵐᵉ Perdreau, répète.

« Quand on sonnera le ralliement ! »

Rosa

On sonnera la cloche, quoi !... Il n'y a pas de cloche ici ?..

Mme Perdreau

Si, il y en a une, là, dans la cour, près de la porte... Ah ! à propos, je vous ai annoncé la visite de monsieur l'Inspecteur, il doit venir ce matin.

Rosa

Une revue d'inspection !.. c'est bon .. Ça me connaît !.. on installera !...

Mme Perdreau

Il faudra montrer tout votre savoir faire... il ne faudra pas brusquer trop les petites pour ne pas les intimider et il sera utile que vous leur tendiez la perche, si les questions de l'inspecteur les embarrassaient trop.

Rosa

Ah ! Il faudra leur tendre la perche ? C'est bon, on leur tendra... mais ce que je ne comprends pas, c'est qu'un inspecteur pose à des jeunes filles des questions embarrassantes... mai comptez sur moi, si par hasard, il n'est pas convenable, il verra de quel bois je me chauffe, votre inspecteur, foi de tromp... *(Se ravisant)* foi d'institutrice.

Mme Perdreau

Je compte sur vous, je vais donner quelques ordres, et je reviens, faites connaissance avec les lieux pendant ce temps...

Rosa

Merci bien, je n'ai pas envie...

Mme Perdreau, *sortant.*

Elle est d'un rustique pour une institutrice !

SCENE VIII

Rosa, *seule.*

Rosa

En v' là une aventure *(Se regardant.)* Si les copains de l'escadron me voyaient comme ça !.. et dire que c'est l'amour qui m'a mis dans ce guêpier !.. c' que ça vous fait faire de drôles de choses, l'amour ! C'. qui fait chaud avec ces frusques-là ! *(Il lève ses jupes)* et puis ces estomacs c' que c'est gênant, j'ai pu l'habitude d'avoir des édredons comme ça sur la poitrine !... c' que j'ai soif !... j' prendrai bien une chopine... Oh ! mais si Victorine m'apporte pas à boire, je donne ma démission, moi... *(Il va à la porte du fond et crie)* Victorine ! Victorine !

SCENE IX

La Même, Victorine.

Victorine, *accourant.*

Crie donc pas comme ça, tu vas nous perdre.

Rosa, *la prend par la main et la tirant sur le devant de la scène.*

Avance à l'ordre !...

Victorine

Vite ! qu'est-ce que tu veux ?

Rosa

A boire, parbleu ! je crève de soif.

Victorine

Je n'ai rien... je ne t'attendais pas et ici il n'y a que le vin de canard à notre disposition et tu n'aimes pas ça !

Rosa

Pas positivement. *(Réfléchissant.)* Donne-moi quatre sous...

Victorine

Pourquoi faire ?

Rosa

Pour aller prendre un verre chez le troquet d'à côté.

Victorine

Dans cette tenue ?

Rosa

Je n'y pensais plus...

Victorine

J'ai une idée, suis-moi à la cuisine je mettrai de l'eau dans le vin préparé pour la table... un peu plus, un peu moins, il n'y paraîtra pas !

Rosa

Dis donc, ton vin il doit rien être humide, s'il est si mouillé que ça... je n'en veux pas... j'attraperais des rhumatismes dans l'estomac !

Victorine

Reste tranquille... je vais sortir... je te rapporterai une absinthe.

Rosa

C'est ça !... un petit Pernod ! *(Victorine sort.)*

SCÈNE X

LES MÊMES, Mme Perdreau.

Mme Perdreau, entrant.

Sonnez la rentrée, mademoiselle. *(Rosa cherche partout)* Ah çà ! que cherchez-vous ?

Rosa

La trompette pour sonner le ralliement !

Mme Perdreau

Vous dites ?

Rosa

La cloche...

Mme Perdreau

Vous avez dit « la trompette ».

Rosa

C'est la langue qui m'a fourché...

Victorine, accourant, mais n'entre pas.

Madame, monsieur l'Inspecteur !

Mme Perdreau

Le ralliement, mademoiselle ! v'là le ralliement !... *(A part)* Allons, bon, voilà que je parle comme elle. *(Rosa va au coin de la porte et sonne la cloche, les élèves rentrent et vont à leur place.)* Attention, mesdemoiselles, voici monsieur l'Inspecteur...

SCÈNE XI

LES MÊMES, Monsieur l'Inspecteur.
(Monsieur l'Inspecteur entre.)

Rosa, voix de stentor.

A vos rangs ! Fixe !

L'Inspecteur, à Mme Perdreau.

Madame, j'ai bien l'honneur de vous présenter mes hommages.

Mme Perdreau, saluant.

Croyez, monsieur l'Inspecteur, que je suis profondément touchée...

L'Inspecteur, l'interrompant.

Permettez-moi d'abord de vous féliciter de la bonne tenue apparente de votre classe et surtout de la bonne santé que toutes vous paraissez avoir. Voilà une jeune fille... *(Désignant Rosa)* qui semble à elle seule représenter la statue de la force... j'aime rencontrer parmi mes jeunes institutrices de ces fortes gaillardes qui sont une preuve vivante que la science ne fait pas que des anémiées, comme le prétendent les ignorants !.. *(A Rosa)* Approchez, mon enfant !.. *(Rosa s'approche.)*

L'Inspecteur, à part.

Qu'elle nature !.. *(Haut)* Quel âge avez-vous, mon enfant ?...

Rosa

Je suis de la classe 1880.

L'Inspecteur

Vous dites ?

Rosa

Je suis née en 1880.

L'Inspecteur

Vous avez 22 ans, vous avez sucé du bon lait... Vous n'avez pas perdu votre temps... Vous avez encore vos parents ?..

Rosa

J'ai deux frères...

L'Inspecteur

Et votre mère ?

Rosa

Elle est morte, je n'avais pas un an.

L'Inspecteur

Et votre père ?

Rosa

Il est mort en me donnant le jour.

Mme Perdreau

De mort subite ?

L'Inspecteur

Quelle triste mort...

Mme Perdreau

A-t-il beaucoup souffert.

Rosa

Je ne sais pas, maman ne me l'a pas dit.

L'Inspecteur

Vous avez tous vos diplômes ?

Rosa

J'aurai mon certificat de bonne conduite.

L'Inspecteur

Quoi ?

Rosa

J'ai toujours eu une bonne conduite.

L'Inspecteur

Je n'en doute pas, mon enfant. (*Il lui tape sur les joues, à part.*) Quelle nature !.. (*Haut*) Vous êtes contente de vos élèves ?

Rosa

Enchantée...

L'Inspecteur

Nous allons voir où elles en sont.

Rosa, *se retournant, aux élèves.*

Où en êtes-vous ?

Les Élèves, *ensemble, montrant leur tartine et leur poire.*

Nous avons bientôt fini.

L'Inspecteur

Fini leurs études ?

Rosa

Non leur tartine.

L'Inspecteur, *à Mⁿᵉ Perdreau.*

Laissez-nous seuls avec l'institutrice, madame la Directrice, je vais interroger ces enfants.

Mⁿᵉ Perdreau, *à Rosa, sortant.*

N'oubliez pas mes recommandations.

SCÈNE XII

Les Mêmes, *moins* Mⁿᵉ **Perdreau.**

L'Inspecteur, *à Rosa.*

J'ai à vous causer à vous seule...

Rosa, *à part.*

Qu'est-ce qu'il me veut ? Est-ce que par hasard il en pincerait pour mes charmes ? (*Haut*) Et les petits salés ? (*Elle désigne les élèves.*)

L'Inspecteur, *à part.*

Les petits salés ! Quelle nature !.. elle me plaît moi, cette fille-là ! (*Haut*) Envoyez-les en récréation...

Rosa, *se retournant.*

Rompez les rangs ! pas gymnastique !.. Arrche ! (*Les enfants se sauvent.*) (*M. l'Inspecteur et Rosa viennent sur le devant de la scène. Il la regarde du coin de l'œil. Jeu de scène.*)

L'Inspecteur

Mademoiselle...

Rosa, *faisant la timide.*

Monsieur...

L'Inspecteur

J'ai un aveu à vous faire...

Rosa

Un aveu à moi ?

L'Inspecteur

A vous !.. Vous avez par votre belle nature... peut-être un peu brusque, mais qui respire la franchise... produit le coup de foudre qui réunit deux âmes... en un mot, je vous aime !..

Rosa, *riant.*

Ah bah !.. mais, vous ne me demandez pas si mon cœur est libre.

L'Inspecteur

Le malheur voudrait-il que vous aimiez quelqu'un ?..

Rosa

J'ai promis ma main...

L'Inspecteur

Vous avez promis votre main ?..

Rosa

Et ses dépendances ?

L'Inspecteur

A qui mon Dieu ?

Rosa

A Victorine... la cuisinière... vous ne la connaissez pas... Attendez, je vais vous la présenter. (*Elle va vers la porte et crie*) Victorine !

L'Inspecteur, *à part.*

Quelle candeur ! Quelle innocence !... elle a promis sa main à une femme... ah ! si à son âge toutes nos jeunes filles avaient cette naïveté !..

SCÈNE XIII

Les Mêmes, **Victorine.**

Victorine, *entrant.*

Qu'est-ce qu'il y a pour votre service, mademoiselle ?

L'Inspecteur, *à Victorine.*

C'est cette enfant naïve qui me dit qu'elle va vous épouser.

Victorine, *à Rosa.*

Imbécile ! tu vas tout briser...

Rosa, *à Victorine.*

Je la ferme, débrouille-toi.

Victorine, *à l'Inspecteur.*

Pauvre petite !... C'est innocent comme un jeune veau !

L'Inspecteur

Comme une génisse ?.. vous voulez dire !

Rosa, *à part.*

Ils sont aimables pour ma mère !

Victorine, *à Rosa.*

Vous dites, mademoiselle ?

Rosa, *à Victorine.*

Moi !.. rien !.. je la ferme.

L'Inspecteur, *à Rosa.*

Alors, voilà votre fiancée ?

Rosa

Oui, et aussitôt après mon congé, nous nous marierons.

L'Inspecteur

Pendant les vacances, vous voulez dire ?...

Rosa

C'est cela, pendant les vacances...

Victorine, *à l'Inspecteur*

Comme c'est beau l'innocence ! *(A Rosa)* Mon ragoût pourrait brûler *(Elle veut se sauver)* Je me sauve.

Rosa, *la prend par la taille.*

Pas sans m'avoir embrassé toujours ! *(Elle l'embrasse. Victorine se sauve.)*

SCENE XIV

Rosa, M. l'Inspecteur, *puis* **Mᵐᵉ Perdreau**

L'Inspecteur, *amoureusement.*

Je donnerai ma vie pour un baiser comme celui-là ! *(Il la prend par la taille et veut l'embrasser.)*

Rosa

A bas les pattes !...

L'Inspecteur, *la lutinant, il répète.*

« A bas les pattes ! » Quelle nature ! Quelle pureté ! *(Il la chatouille sous le menton, il veut l'embrasser).*

Rosa, *levant la main.*

Non, mon vieux, pas de ça ou je cogne !

Mᵐᵉ Perdreau, *entre pendant que Rosa a la main levée.*

Que signifie, Mademoiselle ?

Rosa

Ce vieux grigou qui voulait m'embrasser !

Mᵐᵉ Perdreau

Monsieur l'Inspecteur a sans doute voulu vous donner un baiser paternel, vous avez mal pris la chose, mon enfant, demandez-lui pardon de votre manque de respect.

Rosa

Baiser paternel ! en me chatouillant ! Ah çà ! qu'il y revienne, votre inspecteur, faire l'assaut de ma vertu !

L'Inspecteur

Vous avez mal pris la chose, voilà tout...

Rosa

Je n'ai rien pris du tout. *(A part)* Et je crève même de soif. *(A Mᵐᵉ Perdreau)* Il m'a même demandé que...

Mᵐᵉ Perdreau

Assez, Mademoiselle, j'en ai assez entendu... je vous chasse !...

L'Inspecteur

Soyez indulgente, Madame...

Mᵐᵉ Perdreau

Pour vous, monsieur l'Inspecteur, je pardonne, mais qui aurait pu croire qu'avec des airs si innocents, cette enfant cachait tant de perversité ?

Rosa, *à part.*

O, Madame, ma chère !... *(Haut)* Perversité !... perversité !... J'en ai assez moi... je m'en vais...

Mᵐᵉ Perdreau

Vous vous en irez à la fin de votre mois.

Rosa, *à part.*

Elle veut me garder au mois !.. *(Haut)* Vous ne pensez pas au conseil, vous ?

Mme Perdreau

Ce n'est pas ici que vous en recevrez de mauvais.

Rosa, *désignant l'inspecteur.*

S'il n'y avait que ce vieux singe-là pour vous en donner de bons ! Ah malheur !

Mme Perdreau

Vous voyez, monsieur l'Inspecteur, que je ne puis conserver plus longtemps cette jeune fille, elle scandaliserait un régiment par ses paroles et ses manières.

L'Inspecteur

Je crois, Madame, que vous avez raison.

Mme Perdreau, *à part.*

De cette façon, il n'examinera pas les élèves, il ne verra pas qu'elles ne savent rien !

SCÈNE XV

Les Mêmes, les Elèves.

L'Inspecteur

Je veux avant voir où en sont les élèves, faites-les rentrer.

Mme Perdreau, *à part.*

Aïe ! aïe ! Cela va être le bouquet !.. (*Haut, à Rosa*) Faites rentrer les élèves !

Rosa, *va à la porte, crie.*

Les petits salés au ralliement !

Mme Perdreau

Sonnez, mademoiselle... Il y a une cloche !

Rosa, *sonnant à tout casser.*

C'est bon !.. Pas tant de chichi !.. on va sonner !..

(*Les élèves rentrent et vont à leur place.*)

L'Inspecteur, *à Rosa, qui sonne toujours.*

Assez ! Mademoiselle, interrogez ces enfants.

Rosa, *aux élèves.*

Eh bien ! les gosselines, comment qu'ça va ?

Mme Perdreau

Vous dites ?

Rosa

On me dit de les interroger... je les interroge...

L'Inspecteur

Interrogez-les sur ce qu'elles savent.

Rosa, *aux élèves.*

Est-ce qu'il y en a une parmi vous toutes (*Elles sont deux*) qui sache une chanson pour faire voir à monsieur l'Inspecteur qu'on n'est pas si gourde qu'on en a l'air.

Margot

Moi j'en sais une.

Louisette

Moi aussi.

Rosa

Ferme, toi ! l'extinction des feux a sonné... tu chanteras après. Tu la connais la ferme, hein ?

Louisette

C'est une chanson que j'ai apprise aux Folies-Bout-de-Tôle, quand je suis allée à l'exposition avec papa.

Rosa

Eh bien ! en route !

Mme Perdreau, *à part.*

Je suis perdue, déshonorée...

Rosa, *à Margot.*

Qu'est-ce que t'attends ?.. en avant, arrche !

(*Margot s'avance au premier plan et chante : Une chanson à la volonté de l'artiste. Après chaque couplet tous applaudissent, l'inspecteur rit aux larmes. Après le dernier couplet.*)

L'Inspecteur

Très bien, mon enfant, nous verrons tout à l'heure, si vous êtes aussi forte sur la géographie.

Rosa

On verra ça après !.. nous avons le temps. (*A Louisette.*) A ton tour maintenant. (*Louisette prend la place que Margot a quittée.*)

L'Inspecteur

Et vous, où avez-vous appris cette chanson ?

Louisette

C'est le prétendu à ma sœur qui la chante tout le temps.

Rosa

Pas tant de boniments, dégoise !..

Louisette, *chante.*

Air: *de la Femme à Papa.*

I

Coquin d'amour, amour en tête
El' n'dormait plus la pauvre enfant
Pour el' n'y avait plus de fête,
El' n'rêvait plus qu'à son amant.
El' l'eût voulu toujours près d'elle
Par malheur elle avait une sœur.
Qu'était un' vieille demoiselle
Et qui veillait sur son honneur.
Fais attention, vas pas d'lavant.
Disait-elle toujours surveillant.
Et sans cess' elle répétait
Il est dang'reux d'fair' mon enfant
Ta ra ta ta ra ta ta. Ra fla fla fla !

II

Mais la p'tit' qu'était supérieure.
S'moquait pas mal du boniment
Et dans l' jour, trouvait bien une heure
Pour s'faufiler près d'son amant.
La pauvre enfant qu'était si belle
N'ayant pas écouté sa sœur
Bien vite, hélas ! ne fut plus elle
Qui ne vit que pour son honneur !
Ell' allait beaucoup trop d' l'avant
C'était charmant, ça l'amusait
Et toujours la vieill' répétait :
Il est dang'reux d'fair' mon enfant !
Ta ra ta ta ra ta. Ra fla fla fla !

MORALE

N° 3.

A forc' d'avoir fait à sa tête
El'le r'grettera malheureus'ment
Car bientôt fut fini la fête,
El' fut lâché par son amant
Qui après se moqua bien d'elle.
C' qui lui causa un' grand' douleur
Ce fut chos' fort trist' pour elle
D' n'avoir pas écouté sa sœur
Mais c'est c'qui s'passe' général'ment
On le regrette tres souvent
Quand on a trop été d' l'avant
Et qu' trop tôt on a fait
Ta ra ta ta ra ta ta ra fla fla fla !

(Quand elle a fini ; après les applaudissements de tous.)

L'Inspecteur, *à Rosa.*

Nous allons passer à l'histoire...

Rosa

Vous voulez qu'elles vous racontent des histoires, maintenant ?... Qu'elles vous racontent tout ce qu'elles voudront... moi, j'en ai assez... je m'en vais !...

Mᵐᵉ Perdreau

Vous voyez, monsieur l'Inspecteur, que je ne puis la conserver cinq minutes de plus. Je vais la congédier.

L'Inspecteur

Faites comme vous voudrez, madame. *(Apart.)* je la gobe, moi cette jeune fille, elle ne ressemble pas aux autres institutrices... elle a un petit je ne sais quoi... un petit quelque chose que les autres n'ont pas.

Mᵐᵉ Perdreau, *à la porte et appelle.*

Victorine !

SCÈNE XVI

Les Mêmes, Victorine.

Victorine, *entrant.*

Voilà, Madame.

Mᵐᵉ Perdreau

Allez chercher la valise de mademoiselle, apportez tous ses effets ici, qu'elle parte sur le champ !

Rosa

Allez, Victorine... j'en ai assez de la turne...

(Victorine sort.)

L'Inspecteur, *s'approchant de Rosa.*

Si vous voulez, j'ai une place pour vous.

Rosa, *à l'Inspecteur, bas.*

J' la connais, ta place... vieux r' poussoir... mais j'en pince pas...

Victorine, *rentre, portant la tenue de dragon, le casque, le sabre.*

Voilà tout le harnachement !

Mᵐᵉ Perdreau, *recule, épouvantée.*

Un dragon ! un vrai dragon !

L'Inspecteur

Dire que j'ai fait la cour à un dragon ! que je l'ai embrassé... que je voulais... à quoi l'on est exposé dans la carrière de l'enseignement !

Victorine

Oui, vous vouliez me prendre mon fiancé... mais j'étais là, moi... je veillais...

Rosa, enlève ses vêtements de femme et se trouve en culotte à basanes et en chemise matriculée, il met sa tunique, son sabre, son casque. A madame Perdreau et à l'Inspecteur.

Je vous présente Lamouillette, brigadier trompette au 69ᵉ dragons ! fiancé de Victorine (*A madame Perdreau*) et j'ai l'honneur de vous demander sa main.

Mᵐᵉ Perdreau

C'est pour le bon motif ?...

Victorine

Il n'y en a pas de meilleur !

Lamouillette

Eh bien, Victorine, et mes éperons ?

Victorine

Je les ai pas trouvés.

Lamouillette

Cherche, ils sont peut-être restés dans le lit.

Victorine, *bas à Lamouillette.*

Tais-toi donc, idiot... (*Haut*) Je vais voir. (*Elle sort.*)

L'Inspecteur

En voilà une trompette dont je me souviendrais. (*A Mᵐᵉ Perdreau*) Pardonnez-leur puisqu'ils s'aiment.

Victorine, *rentrant.*

Voici les éperons.

L'Inspecteur

Que cette aventure ne s'ébruite pas.

Mᵐᵉ Perdreau

Comptez sur moi.

Victorine *et* Lamouillette *ensemble.*

Sur nous aussi.

L'Inspecteur, *à Mᵐᵉ Perdreau.*

Je vous proposerai pour les palmes académiques.

Lamouillette

Et moi ?

L'Inspecteur

Vous aussi !...

Victorine

Il n'y a que moi à qui l'on ne promet rien !

Lamouillette

Moi, je ne te promets pas, mais je te donne quelque chose.

Victorine, *curieusement.*

Quoi ?

Lamouillette, *avec emphase se désignant.*

Monsieur Lamouillette !

Mᵐᵉ Perdreau, *à Victorine.*

Vous n'avez pas besoin d'être palmée, Victorine, vous êtes déjà cordon bleu.

Lamouillette

Eh bien ! maintenant, en l'honneur de nos fiançailles, nous allons tous entonner le refrain du régiment ! Attention vous autres !

Si vous voulez être de la fête,
J' vous invit' tous mesdam's, messieurs,
Il n'y aura qu' des gens honnêtes
On n' s'embêtera pas avec eux.
Y aura beaucoup de demoiselles,
Elles auront toutes leur honneur,
Il sera permis d' rire avec elles,
Mais pas d' leurs y dir' des horreurs ;
J'espèr' que tous on s' r'trouv'ra
Et qu'à pleine voix on chantera
Le petit refrain que voici :
A tous d'avance j' dis merci. (*Bis*)
Ta ra ta ta, ra ta ta ta. Ra fla fla fla !

Tous en chœur, *chantent.*

Ta ra ta ta... etc.

Vannes. — Imp, LAFOLYE Frères, 2, place des Lices — 1902

AUTEURS	TITRES DES ŒUVRES	Hommes	Femmes	Prix nets
Guillemaud-de Marsan	Culotte à l'envers (La) d	15	10	loc.
De Roze et d'Arsay	Culotte du marié (scène) (La)	4	»	loc.
H. Duharnois	Cure Merveilleuse (La)	3	4	loc.
Saint-Paul	Dame aux bluets (La)	2	2	loc.
Lebreton-Moreau	Dans cent ans d	troupe	»	loc.
Pierre Achard	Dans l'Escalier	2	1	loc.
Sourilas	Dégraisée d	3	3	5 »
Mestre-Aubry	Demoiselle des Martigues (La) d	3	10	loc.
Cellier-Gramet	Demoiselles Plumemboy (Les)	3	4	loc.
Marc Sénal-Pierre Labrey	Départ du régiment (Le) d	5	10	loc.
St-Paul-G. Rose fils	Dernière carotte (La)	3	2	loc.
L. Lefèvre	Dernier verre (Le)	2	1	4 »
F. Barbier	Deux amours de chandeliers	4	5	loc.
F. Matz	Deux avares (Les) d	2	1	3 »
Ch. Hubans	Deux coqs vivaient en paix	2	1	6 »
F. Gracia	Deux estafiers (Les)	2	»	2 »
Vallès-Garnier	Deux femmes de M. Grochose (Les)	3	2	loc.
A. Condamin	Deux heures de retard	2	2	loc.
M. Chautagne	Deux muses (Les)	2	»	4 »
F. Barbier	Deux parfaits notaires (Les)	2	4	loc.
Hervé-Lecocq	Deux portières pour un cordon d	3	4	4 »
Gribinski	Déveine d	2	2	loc.
Moreau-Boucherat	Diable au Moulin (Le)	4	8	loc.
St-Paul-G. Rose fils	Divorcerons-nous	3	2	loc.
Gramet-Talber	Doigt coupé (Le)	troupe	»	loc.
Léon Laroche	Domestique pour rire (Un)	1	4	»
G. Rose fils	Don Juan de Montmartre	3	3	loc.
Saint-Maurice	Doubles Vierges (Les) d	troupe	»	loc.
L. Bouvet-Lebreton	Drapeau du régiment (Le)	5	4	loc.
Sourilas	Drapeau jaune (Le) d	4	4	4 »
F. Muffat-L. Bouvet	Dudule	3	2	loc.
Bouvet-Sevre	Dupont et Dupont	4	3	loc.
St-Paul et Rosy fils	Durandard est un bon garçon	3	2	loc.
Dellin, Boulay-Layrice	Duriflard	5	»	loc.
L. Bouvet-Schmoll	Echange de bals	4	5	loc.
De Lannoy et Lions	Echarpe (L')	4	2	loc.
J. Domero	Ecole buissonnière (L')	3	»	3 »
Boulay-Layrice	Ecole des Cocus (L')	4	3	loc.
Yver-Septmons	Eh ! Ohé ! Ladrupette ! d	2	»	loc.
Trebla-Croisier	Elle a	»	4	loc.
Ed. Lhuillier	Elle débute ce soir	1	1	4 »
Delaruelle	El senor Pifardino	1	1	6 »
M. de Marsan	Empire du milieu (L')	3	»	loc.
Marsay	En colonne d	troupe	»	loc.
Daunys et Morelle	Encore un déraillement	3	2	loc.
Saint-Paul	Encore une revue	4	4	loc.
Lebreton-Moreau	Enfant des halles (L') d	3	»	loc.
Jallais Hubans	Enlèvement des Sabines (L')	troupe	»	loc.
Guillemaud-de Marsan	Enfants d'Edouard (Les) d	2	3	loc.
Lebreton-Duroc	Enragés d	4	»	loc.
Gribinski	En répétition	4	3	loc.
Villebichot	Entre deux jardins	1	1	4 »
Lebreton-Duroc	Entresol d'Eugène (L') d	4	6	loc.
Garnier-Vallès	Erreur de Bridouille (L')	3	2	loc.
Banès	Escargot (L')	2	3	6 »
A. Pajol	Esprits d'Argenteuil (Les)	5	2	loc.
P. Pottier R. Dubreuil	Estime du Concierge (L')	2	1	loc.
D. Dihau	Eternel roman (L')	1	1	4 »
Bourel-Raydel Trand	Etrennes utiles	3	2	loc.
Garnier-Vallès	Exploits de Malichard (Les)	6	4	loc.
L. Bouvet-Ch. Dernattère	Extras de Balochard (Les) d	4	4	loc.
St-Paul-G. Rose, fils	Fais ça pour moi	3	2	loc.
F. Beauvallet	Faites le jeu, Messieurs d	3	1	loc.
Moreau-Gramet	Famille Nitouche (La)	3	4	loc.
L. Bouvet, J. Serry-Rosés	Family-Plage	6	4	loc.
Lebreton-Moreau	Farces du Printemps (Les) d	6	4	loc.
St-Agnan Choler	Faut du prestige (vaud.) d	3	2	loc.
Lebreton-Duroc	Faut que j'casse la g. à Baptiste d	5	3	loc.
G. Rose père	Faux cols d'Oscar (Les)	1	2	loc.
De Lannoy-Lians	Félicité	3	2	loc.
Flers	Fémina d	troupe	»	loc.
Ch. Gabet	Femme de Valentino (La) d	2	2	loc.
Moreau	Femmes qui fument (Les) D	7	8	loc.
F. Chanvoir	Fête à Claudine (La)	1	1	4 »
E. Duhem	Fête à M. le Maire (La)	5	2	4 »
Guillemaud	Feuille à l'envers (La) d	4	3	loc.
G. Fortin-J. Doyen	Fiançailles de Toinette (Les) d	1	1	loc.
Dorfeuil-Bouvet	Fiancé des Nourrices (Le) d	4	5	loc.
Javelot	Fiancés berrichons (Les)	1	1	3 »
Soulié	Fiancés du bonnet de coton (Les)	1	1	5 »
L. Vasseur	Fichue idée d	2	1	5 »
Brigliano-Talber	Fichue situation d	4	4	loc.
Liouville	Fièvre phylloxérique (La)	3	2	4 »
Beririé	Fille du charpentier (La)	3	1	5 »
Lebreton-Moreau	Fille du marin (La) d	8	7	loc.
Bourel, Raydel, E. Hervé	Filles de Corneville (Les)	4	7	loc.
Lebreton-Soudant	Filles de la Cantinière (Le d	7	4	loc.
Lebreton	Filles du Charcutier (Les)	3	3	loc.

AUTEURS	TITRES DES ŒUVRES	Hommes	Femmes	Prix nets
Lebreton-Moreau	Fils à Papa (Le) d	4	7	loc.
Lebreton-Moreau	Fils de Gouape	4	4	loc.
Chanlieu et Battaille	Fils de M. Alphonse (Le) (vaud.) d	5	2	loc.
Duroc-Maillfait	Five O'Clock de la Baronne	7	2	loc.
Villebichot	Fleuriste et typographe	1	1	5 »
Lebreton-Talber	Foire aux nichons (La) d	7	7	loc.
Pradels-Quinel	Fosse aux ours (La)	4	4	loc.
Lemonnier	Françoise les bas bleus d	troupe	»	loc.
Moreau-Soudant	Francs-tireurs de la mort (Les)	troupe	»	loc.
Lebreton-Boissier	Frangine (La) d	7	6	loc.
Lévy-Merset	Fantrognon d	8	11	loc.
Lebreton-Moreau	Frère de lait (Le)	1	2	4 »
Carin-Tomy	Friper's and Cº d	5	9	loc.
Lebreton-Moreau	Friquet d	9	7	loc.
Cleutat	Furet (Le)	»	1	4 »
Moreau-Touzé	Gai gai mariez-vous !	4	3	loc.
Moreau-Darsay	Gattes du bastion (Les)	5	3	loc.
L. Bouvet et Arribat	Garçonnière de Dutocard (La)	3	3	loc.
Seraine	Garde champêtre de Corneville (Le)	1	»	4
L. Dottin	Gendre de M. Duplantoir (Le)	3	2	loc.
Lebreton-St-Paul	Gontran se marie	3	2	loc.
B. Lebreton-Soudant	Gosse (La)	3	2	loc.
Froyez-Colias	Grand Duc Moleskine (Le) d	6	6	loc.
Lefort	Grand papa de la chanson (Le) d	1	1	3 »
Rose fils et Ryvez	Greffeur (Le)	4	3	loc.
Lebreton-Blairat	Grenouille (La) d	4	2	loc.
Hervé-Merki	Grève des Boulangers (La)	5	»	4 »
Moreau-Marcus	Grève des facteurs (La)	2	2	loc.
M. Brisac	Guerre aux hommes (La) d	6	7	loc.
Lebreton-Nicolaie	Gueule d'Or d	6	6	loc.
Lebreton-Moreau	Héritière des Carapattas (L') d	8	8	loc.
De Marsan	Heureux gagnant (L')	4	1	loc.
G. Roland-A. de Lorde	Hermance à de la Vertu, 2 actes d	2	1	loc.
Villebichot	Hirondelles de la rue (Les)	»	2	3 »
L. Bouvet et G. Arribat	Homme du Parc Monceau (L')	3	2	loc.
Rose fils	Homme explosible (L')	2	2	loc.
Lebreton-Blairat	Homme pâle (L') d	4	2	loc.
Lebreton-Duroc	Hôtel d'Artistes d	troupe	»	loc.
Lebreton-Duroc	Hôtel de Noblépanne d	4	4	loc.
St-Paul-Rose fils	Hôtel des Fantômes (L')	3	1	loc.
Jarantière et Bouvet	Hôtel du lac bleu (L') d	7	6	loc.
Bourel-Raydel-Joel	Hôtel modèle d	7	7	loc.
H. Barbé-de Téramond	Huissier des bons jours (l')	3	2	loc.
Antigeon-Dourel	Hypnotiseur malgré lui (L') d	3	2	loc.
Mize-Bernède	Idées de M. Coton (Les) d	3	2	loc.
G. Roland	Il était une fois d	4	4	loc.
Bessière-De Noter	Ile de Nénuphar (L')	5	2	loc.
Bricllet et Tinant	Ile Jaune (L')	»	»	
De Lannoy et Lions	Indispensable (L')	2	2	loc.
Bricllet et Arnould	Invalide à la tête de bois (L')	7	2	loc.
B. Lebreton et Blairat	Invalides du Mariage (Les) d	7	7	loc.
Moniot	Jacotte	1	1	5 »
Liger-Aubrun	J'ai perdu Virginie	3	1	loc.
Nargeot	Jeanne, Jeannette et Jeanneton d	2	3	3 »
Michiels	Jefque et Trinne	1	1	4 »
St-Paul	J'en ai plein le dos	2	1	loc.
Lebreton-Soudant	J'épouse ma bonne d	5	4	loc.
A. Perronnet	Je reviens de Compiègne	»	1	4 »
Yvel	Jeune homme du Tunnel (Le) d	3	3	loc.
Barnicat	Jeunesse de Béranger (La)	3	4	6 »
Lebreton-Moreau	Jocrisses du mariage (Les) d	troupe	»	loc.
B. Lebreton	Joies du divorce (Les) d	troupe	»	loc.
L. Collin	Journée aux soufflets (La)	1	1	4 »
J. Férol	J'teux de sorts (Le)	7	4	loc.
François-Derys	Jules d	1	1	loc.
Herpin	Ki-Ki-Ri-Ki d	troupe	»	loc.
Soudant	Lâchée	5	1	loc.
De Marsan	Lebille est de logement	7	8	loc.
Desormes	Leçon de musique (La)	1	1	4 »
J. Clérice	Léda d	troupe	»	loc.
St-Paul	Leroy s'amuse	3	3	loc.
A. de Lorde	Lettre (La) d	1	2	loc.
Cazaneuve	Loi du pal (La) d	troupe	»	5 »
Barbé	Loup et l'Agneau (Le) d	3	3	loc.
Verneuil	Loupiot (Le)	2	»	loc.
Herpin	Lune de Miel (La) d	troupe	»	loc.
Moreau-Gramet	Ma Colonelle	2	2	loc.
Clairville fils	Madame la baronne d	1	1	4 »
Wachs	Madame le docteur	»	»	loc.
H. Monréal-H. Blondeau	Madame Méphisto d	troupe	»	loc.
Tarnezio-Colral du Théâ.	Madame Tubéreuse d	10	9	loc.
Lebreton-St-Paul	Mademoiselle Le Docteur	3	2	loc.
V. Roger	Mademoiselle Louloute	2	1	loc.
C. Piévet H. Piquet	Magicien (Le) d	3	1	10 »
Bessière-Marinier	Maire et Martyr d	3	2	loc.
F. Lémon-L. Schmoll	Maires	7	5	loc.
Palexy	Maître Grelot	»	»	7 »
Levavasseur	Major Baïtapoil (Le)	3	4	loc.

AUTEURS	TITRES DES ŒUVRES	Hommes	Femmes	Prix nets
Talexy	Maître Grelot.	4	1	7 »
Levavasseur	Major Baitapoil (Le).	3	4	loc.
Bouvet	Major Purjotin (Le).	4	3	loc.
Lebreton	Mam'zelle Baïonnette.	3	3	loc.
Moyne-Jacoutot	Mam'zelle Claudinette d.	3	2	loc.
Ter Nemo-Celval	Mam'zelle Culot.	troupe	»	loc.
De Lajarte	Mam'zelle Pénélope d.	3	1	7 »
De Champelos-Jacquin	Mamz'elle Phryné.	3	1	loc.
Fransois	Mandat (Le) d.	7	3	loc.
De Lorde-C. Roland	Ma Négresse d.	1	2	loc.
L. Bouvet et Dottin	Mannequin (Le).	3	2	loc.
Jan Pierre et Morelo	Manœuvre électorale.	3	»	loc.
H. Moreau	Marchande de Choux-fleurs (La) d.	7	6	loc.
Jouhaud	Mariages riches.	1	1	8 »
Moniot	Marianne et Jeannot d.	1	2	8 »
Tollet-Frot	Marié sans l'être.	4	»	3 »
Moreau-Duroc	Marié jaloux (Les).	5	2	loc.
Simiot	Mariés de Nanterre (Les).	1	2	4 »
Beissier-Sciama	Mars et Vénus.	3	2	loc.
Millou	Matinée du Prince (La).	4	5	loc.
Moreau-Boucherat	Médjidié (Le).	3	1	loc.
Gresset-Bernard	Méfiez-vous d'Oscar d.	3	2	loc.
E. André	Melon (Le) (monologue saynète).	1	»	2 »
De Marsan	Ménage Blésimard (Le).	3	2	loc.
Moreau-Darsay	Ménage Poiré (Le).	2	2	loc.
Desormes	Menu de Georgette (Le).	3	2	8 »
Ch. Gabet	Mérite des femmes (Le) d.	4	4	loc.
Soudant-Moreau	Mimi Vadrouille.	troupe	»	loc.
P. Achard et P. de Pitray	Minuit et demi d.	1	1	loc.
Lebreton-Moreau	Miss Kissmy d.	5	5	loc.
Beissier	Miss Million d.	troupe	»	loc.
Mayrargue	Modern Styl.	2	2	loc.
Bessier-Moreau	Môme aux Camélias (La) d.	troupe	»	loc.
Bessière-Ruffier	Môme aux grands yeux (La) d.	8	6	loc.
Chassaigne	Monsieur Auguste d.	1	1	3 »
De Marsan	Monsieur Babolin.	3	2	loc.
De Marsan	Monsieur de chez Maxim's (Le).	3	3	loc.
Paul Vallès	Monsieur Dutrognon.	4	1	loc.
E. Bessière	Monsieur l'Inspecteur.	2	4	loc.
Garnier-Vallès	Monsieur ma belle-mère.	2	3	loc.
L. Rivaux	Monsieur Pâtemolle.	2	2	loc.
Lebreton-Moreau	Monsieur Sans Gêne d.	troupe	»	loc.
G. Fertin A. Doyen	Mort vivant (Le) d.	»	»	loc.
Blairat-Neuzillet	Mouche (La) d.	5	7	loc.
Moreau-Touzé	Mouche du Coche (La).	4	2	loc.
Pariot, Chanteclair-Cuvelard	Moulin d'Amour (Le) d.	5	3	8 »
Joly	Myope et presbyte d.	1	1	4 »
Desormes	Nègre de la Porte St-Denis (Le).	3	3	3 »
L. Dottin et G. Touzé	Nègre pour rire.	3	2	loc.
Dorfeuil-Moreau	Nez de Cyrano (Le) d.	troupe	»	loc.
E. Lhuillier	Nez enchanté (Le).	1	1	3 »
Lebreton-Blairat	Ninie la Rouquine d.	5	3	loc.
Herpin	Noce à Grospoulot (La).	5	7	loc.
F. Barbier	Noce à Suzon (La).	1	1	4
E. Beissière-Noter	Noces de Lambiston (Les).	5	2	loc.
L. Collin	Noces d'or (Les).	2	1	5 »
Sachs-Damiens-Neuzillet	Nombrikatus 1er D.	5	7	loc.
Moreau-Rivaux	Nommé Baluche (Le).	1	2	loc.
De Marsan	Non Lieu d.	3	»	loc.
Bouvet-Darantière	Nos bons touristes d.	5	4	loc.
Lebreton-Beissier	Nos Marsouins en Chine d.	7	4	loc.
Moreau-Gramet	Nos petites Chattes.	3	3	loc.
Dorfeuil-Guillemand-Duharnois	Nos pioupious d.	6	4	loc.
Lebreton-Moreau	Nos voisins d.	6	6	loc.
V. Roger	Nourrice de Montfermeil (La).	2	3	6 »
Ch. Gabet	Nouvel Achille (Le) (vaud.) d.	5	1	loc.
Touzé Prud'homme	Nuit de Noces de Beauflanchet.	6	4	loc.
Jacobi	Nuit du 15 octobre (La) d.	3	1	4 »
Rose père	Omelette au lard (L').	4	2	loc.
Dédé fils	Oncle et Neveu.	3	»	3 »
Louis Bouvet	Oncle Maboulin (L').	4	4	loc.
Marc-Senal-Gréhon	On demande des jolies femmes d.	6	11	loc.
St. Paul	On parle Anglais.	5	6	loc.
Bessière-Ruffier	Ordonnance Bezuchet (L').	2	2	loc.
St-Paul-G. Rose, fils	Ordonnance malgré lui.	3	2	loc.
Berthalot-Roland	Othello chez Thaïs d.	4	10	loc.
Pacra Emmecé	Où est le père.	8	4	loc.
Dufils	Paille et la Poutre (La).	»	2	6 »
Boulay-Layrice	Palmé D.	4	5	loc.
Billemont	Pantalon de Casimir (Le) d.	1	1	6 »
A. Petit	Par autorité de Justice d.	7	9	loc.

AUTEURS	TITRES DES ŒUVRES	Hommes	Femmes	Prix nets
L. Rivaux	Parachute (Le).	3	2	loc.
Dorfeuil-Moreau	Paris aux Courses d.	troupe	»	loc.
Febvre-Gréhon	Paris sans tailleurs.	7	7	loc.
F. Barbier	Par la fenêtre.	1	1	4 »
Lambert-Lebreton	Par la Gymnastique d.	2	2	loc.
De Marsan	Par Téléphone.	3	3	loc.
De Marsan	Partie Carrée.	4	3	loc.
Henry Moreau	Partie de Campagne d.	troupe	»	loc.
Ed. Lhuillier	Pasquinette.	1	1	»
Bénédite-Jancourt	Pays Vierge (le) d.	8	4	loc.
De Marsan	Peau Neuve d.	3	3	loc.
Rose, fils	Peintre de talent.	2	3	loc.
Moreau-Darsay	Pension Carabin (La).	5	4	loc.
L. Bouvet	Pensionnat St-Amour (Le).	4	4	loc.
Albert Lambert	Père Suroit (Le) d.	3	1	loc.
Offenbach-Rèques	Péri-Colle (Parodie de Périchole).	2	1	2 50
Lebreton-St-Paul	Péril jaune (Le).	2	2	loc.
Perrault-Maty	Perruche de ma femme (La) d.	4	3	loc.
Tréblat-St-Cyr	Personne.	2	1	loc.
Landay	Pet ! ! Pet ! !	3	3	loc.
Bouvet-Schmoll	Petit Assommoir (Le) d.	8	6	loc.
B. Lebreton	Petit factionnaire (Le).	4	3	loc.
L. Collin	Petit Spahi (Le).	3	3	5 »
Lebreton-Moreau	Petite baronne (La) d.	6	9	loc.
Linas	P'tite bête vit encore (La) d.	1	1	4 »
Moreau-St Cyr	Petite Carmen (La) d.	9	10	loc.
Lebreton-Moreau	Petite-colonelle (La) d.	7	5	loc.
Gribinski	Petite Étoile.	3	2	loc.
L. Bouvet-St-Paul	Petite Fifi (La).	3	3	loc.
Lebreton-Moreau	Petites Menichons (Les) d.	troupe	»	loc.
A. Petit	Petits lapins (Les) d.	4	9	loc.
Maurey et Jimbu	Petits Trottins (Les) d.	5	6	loc.
Lebreton-Moreau	Petits Zouzous (Les).	troupe	»	loc.
J. Clérice	Phrynette d.	5	9	5 »
Celval-Tarneme-Gihard	Pichard d.	3	2	loc.
André	Picotin (Le).	1	»	2 »
Lebreton-Beissier	Piston de Clémentine (Le).	3	2	loc.
Schmoll	Pitou.	3	2	loc.
H. Alavoine	Plumechat et Cie d.	4	6	loc.
H. Barbé	Plus que 1089 jours.	3	»	loc.
F. Barbier	Points jaunes (Les).	1	1	5 »
Desfosses-Piccolini	Pommes d'amour (Les).	6	4	loc.
Cinoh-Verdellet	Pompier d'Endoume (Le).	troupe	»	loc.
Gresset-Bernard-Leforey	Pompier d'Ernestine (Le) d.	2	2	loc.
Antigeon-Dourel	Poste restante 222 d.	4	3	loc.
F. Barbier	Poupée automate (La).	1	1	5 »
St-Paul-G. Rose fils	Pour avoir la fille.	4	3	loc.
Fay	Pour qui le gosse ?	2	3	loc.
Lebreton-St-Paul	Pour qui volait-on ?	4	2	loc.
A. Lambert	Première brouille (La) comédie.	»	1	loc.
Couturet	Premières amours d.	4	1	loc.
F. Barbier	Premières armes de Parny (Les).	1	3	5 »
G. Rosefils-H. Ryvex	Prestige de l'uniforme (Le).	4	2	loc.
Moreau	Professeur de chant (Le).	1	1	3 »
De Ste-Croix	Pygmalion d.	1	2	4 »
Lebreton	Quatre hommes et un Caporal.	5	3	loc.
Garnier-Héros	Queue du Diable (La) d.	troupe	»	loc.
Delilia-Héros	Qui va à la Chasse.	1	1	loc.
L. Collin	Qui se dispute s'adore.	1	1	3 »
Ch. Lecocq	Rajah de Mysore d.	troupe	»	8 »
Villebichot	Réponse du Berger (La).	1	1	4 »
Millou	Repos du dimanche (Le) d.	2	1	loc.
Moche	Retour de Colombine (Le).	2	1	4 »
Jacoutot	Retour de Kerdrec (Le).	2	1	4 »
Meugé	Retour de Margotte (Le).	1	1	4 »
L. Collin	Retour de Musette (Le).	1	1	4 »
Antigeon-Dourel	Revanche de Verluisant (La) d.	5	2	loc.
De Marsan	Revenant de la rue de la Pompe (Le).	5	5	loc.
Antigeon-Dourel-Roydel	Revenants (Les) d.	3	3	loc.
Marsèle-A. de Lorde	Rêves d'un soir.	1	1	loc.
Lebreton	Revue à l'envers (La).	4	4	loc.
St-Paul	Revue interdite.	4	4	loc.
Guillemaud	Rien des Agences d.	3	2	loc.
Lhuillier	Risette.	»	1	1 »
Ch. Thony	Robes et Manteaux d.	5	9	loc.
F. Chaudoir	Roi Claquette (Le) d.	3	3	6 »
Yvel et Briollet	Roi Koku (Le).	troupe	»	loc.
Desormes	Roland furieux.	3	1	5 »
L. Desormes	Romance impossible (La).	2	»	2 »
Busnach	Rosière de Valentino (La) d.	2	3	loc.
Michiels	Rosière d'Interlaken (La).	1	1	4 »
Ch. Gabet	Ruy Black (v.) d.	7	6	loc.
Claments	Saint-Yvon (La) d.	2	1	5 »
L. Rivaux	Sacré jour de l'an.	6	3	loc.

AUTEURS	TITRES DES ŒUVRES	Hommes.	Femm.	Prix nets
L. Bouvet-G. Arribat	Sacré Jules	2	2	loc.
Briollet-Tinant	Sacré Vermillon	3	3	loc
L. Dottin	Sauvage malgré lui	3	2	loc
Ch. Lecocq	Sauvons la caisse d	1	1	6 »
Malcat-Febvre-Ronnamy	Septième Escouade (La) d	8	7	loc.
Darantière-Bouve	Sergent Sans-Souci ( ) d	6	6	loc.
R. Planquette	Serment de Mme Grégoire (Le)	1	1	8 »
Lebreton-Soudant	Serment du marin (Le)	4	2	loc.
Lebreton-Moreau	Signe de Léda (Le) d	8	8	loc.
Ouvier	Simone et Boquillon	2	1	5 »
Lebreton-St Paul	Singeries de l'Amour (Les)	5	5	loc.
Marc Sonal-H. Moreau	Six filles d'Abélard (Les) d	7	7	loc.
Lebreton-Duroc	Soir de Noce d	4	4	5 »
H. Bussières-Malfait	Soirée bourgeoise	2	2	loc.
Leserre	Soirée d'amateurs pochade	5	»	loc.
Lebreton-Moreau	Soldat !	5	5	loc.
H. Gilbert	Son Amant	2	1	loc
Bernard-Gresset	Souffleur par amour d	3	1	loc.
Mevan	Soupirs du cœur	3	2	»
Briollet-Tinant	Source merveilleuse (La)	4	2	loc.
Damaré-P. Laurey	Sous-Préfet de Pézenas (Le)	4	2	loc.
Ch. Malo	Souviens-toi de Clémentine	2	1	4 »
Moreau-Darsav	Spiritisme des Familles	4	4	loc.
Tac-Coen	Suzette, Suzanne et Suzon	1	8	loc
C. Roland et P. Berthelot	Symphonie en Jaune mineur d	1	1	loc.
A. Mesnil	T'amuses-tu Pingot	6	»	loc.
Levavasseur	Tante d'Amérique (La)	3	3	loc.
C. Roland	Ta pomme, Paris	3	10	loc.
Wachs	Tata chez Toto	2	1	4 »
Lempereur et Primard	Témoin (Le)	3	1	loc.
Lambert-Lebreton	Terre-Neuve d	3	5	loc.
Saint-Paul et Rose fils	Terrible affaire	3	2	loc.
Briollet-Gerny	Testament Cracfort (Le)	8	6	loc.
Marc Sonal	Théophile	2	1	loc
B. Lebreton-E. Blairat	Tisane des Boërs (La)	4	2	loc.
Chassaigne	Toc	2	2	loc.
Hervé	Toinette et son carabinier	2	1	5 »
Bassier-de Gorsse	Tonton d	3	3	6 »
Blanchard de la Bretesche	Torero de Lolotte (Le)	5	5	loc
M. Guillemaud	Toto la Rincette	5	5	loc.
Wachs	Totor et Titine	1	1	loc.
Hubans	Tour de Moulinet (Le) d	2	1	8 »
Bouvet-Febvre	Tournée Cabotin (La)	3	3	loc.
Cartier	Train des Maris (Le)	2	2	4 »
Moreau-Duroc	Tranquil'hôtel	5	4	4 »
Moreau-Darsay	Trente mille francs par an	2	2	loc.
Lebreton-Moreau	Treize jours d'un Parisien (Les) d	troupe	»	loc.
Lebreton-Moreau	Treizième spahis (Le) d	troupe	»	loc.
Ch. Gabet	Trésor des Dames d	2	1	loc.
Lebreton-Moreau	Trio de troupiers d	7	5	loc.
H. Gilbert	Triple alliance (La)	5	2	loc.
B. Lebreton-J. Lebreton	Trois Cousins (Les) d	5	3	loc.
Lebreton Téramond	Trois Gosses (Les)	4	4	loc.
Bouvet	Trois hercules pour une femme	3	2	loc.
Bessière	Troisième du trois (La)	6	6	loc.
Lebreton-Moreau	Trois Maçons (Les) d	4	2	loc.
L. Bouvet et G. Arribat	Troublante énigme	3	3	loc.
Rose fils & Ryvez	Trouvez un père	4	5	loc.
Gribinski	Truc au trottin (Le)	4	3	loc.
Guillemaud-de Marsan	Truc de Binochet (Le)	3	2	loc.
Lambert-Lebreton	Truc du Pharmacien (Le)	4	1	loc.
L. David	Tu l'as voulu	3	1	6 »
Héros-Jost	Tziganie dans les Ménages (La) d	troupe	»	loc.
Javelot	Un amour d'épicier	2	1	4 »
Bessière	Un attentat au bois	2	2	loc.
P. Lefaure	Un beau-père criminel	3	2	loc.
Cardet-Lannoy	Un bon ami	2	1	loc.
D. Fay	Un bon tuyau	2	»	loc.
P. Henrion	Un charcutier dans les fers	1	1	4 »
De Marsan	Un client pas sérieux	4	3	loc.
Chassaigne	Un Coq en jupons	1	1	4 »
Banès	Un domalade	2	1	5 »
Wachs	Un domestique pour rire	1	1	4 »
Moreau-Gramet	Un dragon pour deux	3	2	4 »
L. Roy	Un épicier peu commode	4	2	loc.
J. Laurens	Un futur sur le gril	2	1	4 »
Ch. Malo	Un gendre à poigne	2	2	5 »
H. Levavasseur	Un grand criminel	4	2	loc.
Pericaud	Un héron le qui ne veut pas se rouiller	2	1	4 »
St Paul	Un jour d'audace	4	2	loc.
Cambillard	Un mariage à la force du poignet	1	1	3 »
Ch. Malo	Un mariage au flageolet	1	1	4 »
Dauphin	Un mariage en Chine d	4	1	6 »
F. Bernicat	Un mari à l'essai	1	1	4 »
Pericaud	Un mari en grande vitesse	3	1	4 »
Moreau-R. Parault	Un mari somnambule	2	2	loc.
L. Collin	Un mauvais conscrit	2	»	4 »
Blanchard de la Bretesche	Un mois de clou d	3	2	loc.
B. Lebreton-St-Paul	Un Oncle pour deux	3	2	loc.
Chassaigne	Un 1er jour de ménage	1	1	4 »
Mayrargue	Un Sauvetage	2	3	loc.
F. Barbier	Un souper chez Mlle Contat	2	1	3 »
Bernicat	Une aventure de la Clairon	2	2	6 »
Lebreton-Blairat	Une Consultation d	4	3	loc.
Garnier-Vallès	Une Corbeille de Noce	5	3	loc.
E. André	Une drôle de Marquise	2	1	3 »
Claments	Une étoile d'antichambre d	2	1	5 »
Jouhaud	Une femme du quart de monde	2	1	4 »
Villebichot	Une femme qui bégaie d	3	2	6 »
L. Roques	Une femme tombée du Ciel	1	1	5 »
Villebichot	Une fille à trucs	3	1	4 »
Liouville	Une fille en loterie	2	1	4 »
Touzé-Monjardin	Une intrigue chez les Mouchamiel	2	1	loc.
Desormes	Une lune de miel normande	1	1	4 »
L. Collin	Une mariée sans mari	1	1	4 »
Ed. Lhuillier	Une marine à la vapeur	1	1	3 »
Desormes	Une mauvaise connaissance	3	2	5 »
Moreau-Darsay	Une mauvaise nuit	2	2	loc.
Moreau-Dorfeuil	Une nuit de Paris d	troupe	»	loc.
Bouvet-G. H.	Une nuit chez les Grafouillot d	4	3	loc.
Duhem	Une partie à Robinson	2	2	4 »
L. Martin	Une partie de pêche	5	4	loc.
Wachs	Une pleine eau à Chatou	2	1	4 »
Bernicat	Une poule mouillée	1	1	4 »
Lebreton-St-Paul	Une Rosserie	2	2	loc.
De Paniagua	Une sale Histoire d	3	2	loc.
Chassaigne	Une table de café	2	»	4 »
Robillard	Une tempête conjugale	1	1	4 »
Liger-Aubrun	Urticaire (L')	4	1	loc.
Habrekorn-Lalourette	Vache à Palu (La) d	4	1	loc.
R. Planquette	Valet de cœur (Le)	1	1	4 »
St-Paul	Vase de Soissons (Le)	3	2	loc.
J. Walter	Végétariens (Les) d	7	2	loc.
Robillard	Vengeance de Ramolli (La)	2	1	4 »
L. Roques	Vénus infidèle (auteur de mars) d	1	2	4 »
Autigeon	Vie de garçon (La) d	6	16	loc.
Lebreton-Moreau	Vierges du chahut (Les) d	5	0	loc.
Bouvet-Arribat	Vieux, le Melon et le Rat (Le)	4	3	loc.
Moreau	Villa des Gaffes (La) d	6	8	loc.
Lebreton-St-Paul	Vingt-cinq minutes d'arrêt	2	2	loc.
Burani-Planquette	Vingt-huit jours de Champignolette d	6	4	loc.
Vallès-Talber	Vingt-huit jours de Gorenflot (Les)	7	3	loc.
Ratcée-Bordeaux	Vive la Classe d	6	8	loc.
Normand-Vallès	Vive les Bleus	7	4	loc.
Lebreton-Moreau	Vocation d'Isoline (La)	1	2	5 »
Jacobi	Voilà l'plaisir, mesdames	1	1	4 »
Ch. Hubans	Voiture à vendre d	2	»	4 »
Lebreton-Moreau	Volontaire de 92 (Le) d	7	2	4 »
Tac-Coen	Volontaire et vivandière	1	1	4 »
P. Talber-Delattre	Volupté des dames (La)	4	3	loc.
Guy-Nory-Marius	Zidore d	6	7	loc.

Lavrets d'opérettes et de vaudevilles, net : 1 franc.

Vannes. — Imp. LAFOLYE frères